KB138602

꽃은 다 함께
피지 않는다

꽃은 다 함께
피지 않는다

초판 1쇄 발행 2017년 5월 18일

지은이 강효백
펴낸이 홍남권
펴낸곳 온하루출판사

출판사 등록번호 제 466-2014-000030호
출판사 주소 전주시 덕진구 팔달로 304-12
TEL 010-7376-8430
E-MAIL nnghong@naver.com

ISBN 979-11-959354-4-4

지은이의 말

추울수록 도사렸던 생기가 넘친다.

동트기 전 생명처럼 숨을 고른

2017년 대한민국은 생동하리라.

2017. 5. 1
강효백은 이렇게 말했다.

CONTENTS

진리가 정의인가
정의가 진리인가

Aphorisms & Poems **01**

강효백은 이렇게 말했다

꽃은 다 함께 피지 않는다

행복의 시간은 삼차원이다

Aphorisms & Poems 02

전시에는 군인이 꽃이지만 평시에는 상인이 꽃이다

Aphorisms & Poems 03

사람의 동사는 사랑이다

Aphorisms & Poems **04**

다시 눈을 감았다 너를 보려고…

Aphorisms & Poems 05

백성들 때문에 망한 나라는 없다

Aphorisms & Poems 06

진리가 정의인가 정의가 진리인가

Aphorisms & Poems **01**

강효백은 이렇게 말했다

꽃은 다 함께 피지 않는다

1

처음 촛불이 최상의 빛을 준다

촛불은 자신을 비추지 않는다.
제 살을 불살라 타인을 밝힌다.

처음 촛불이 최상의 빛을 준다.

A candle does not give light to itself.
A candle consumes itself and lights others.

The candle that goes first gives the best light.

2

배움에서 관성의 법칙은 죄악이다

물리학에서 관성의 법칙은 진리지만

배움에서 관성의 법칙은 잘못이다.

지식을 진리라 믿어버리고
단 하나에만 의지하려는 관성에서
벗어나야 우리는 호모사피엔스다.

마오쩌둥이 말했다.
만리장성에 오르지 못한 자는
사나이가 아니다.(不到長成非好漢)

강효백이 말했다.
만리장성에 올라 한쪽 면만 보는 자는
사나이가 아니다.(到長成只看一面非好漢)

3

혀는 맛으로 존재한다

혀는 맛으로 살아있다.

진리는 맛을 알고도
그 맛을 말하지 않는 혀 같다.

진리는 실천으로 간보는 것이다.

4

물음표가 만든 세상을 바꾸는 것은 물음표다

새싹처럼 물음표가 돋아난다.
물음표가 천지만방으로 퍼진다.

세상을 만드는 것은 물음표다.

징검다리처럼 나타난 쉼표가
범람하는 물음표에 물거품처럼 사라져버린다.

세상을 바꾸는 것은 물음표다.

5

삶에는 정답이 있다?

정해진 답에 삶을 꿰맞추는 인생은 끝났다.

나는 생각한다. 고로 존재한다.

나는 비판한다.
나는 도전한다.
나는 창조한다.

의심은 혁명이다.

혁명이 나의 생을 이끈다.

6

용기 사용 설명서

죽음을 두려워하지 않는 용기는 3등급이다.

진실과 정의를 위해
시련과 유혹을 이겨내는 용기는 2등급이다.

잘못을 시인하고 용서를 구하는 용기는 1등급이다.

높은 자, 배운 자, 가진 자일수록
1등급 용기를 사용하는 데 인색하다.

7

레미제라블,
불쌍한 사람들의 법

천 파운드 법에는 1온스의 사랑도 없다.
영국인은 이렇게 말했다.

왕이 바라는 게 바로 법이 바라는 거다.
프랑스인은 이렇게 말했다.

교수대는 가난한 자들만의 것이다.
프로이센 사람들은 이렇게 말했다.

법보다 주먹이 가깝다.
우리는 이렇게 생각한다.

법 모르는 관리가 볼기로 위세 부린다.
우리 선조들은 이렇게 말했다.

8

수탉은 수컷사람보다 위대하다

수탉은 특정 암탉만을 편애하지 않는다.
수컷사람은 일부일처제도 유지하기 버겁다.

수탉은 암탉과 병아리를 위해
상대를 가리지 않고 덤빈다.
수컷사람은 상황에 따라 처자식을 버린다.

수탉은 새벽을 노래하는 선구자다.
수컷사람은 어둠에 안주하는 비겁한 추종자다.

수탉은 암탉보다 병아리를 사랑한다.
수컷사람은 여자사람만큼 자녀를 사랑하지 않는다.

9

그의 이름은 입법가였다

민족을 창조해내고
그 민족에게 신앙과 사랑을 제시한 자는
국가가 아니다.

창조하는 자,
초인(Ü bermensh)에 가장 근접한 자,

그의 이름은 입법가이다.

니체는 『짜라투스트라는 이렇게 말했다』에서
이렇게 말했다.

10

혁명은 3/4박자로 춤춘다

군중

지도자, 조직, 이념,

4분의3박자로 춤추는 것이 혁명이다.

11

세상에서 가장 아름다운 시詩

대한민국의 주권은 국민에게 있고
모든 권력은 국민으로부터 나온다.

단 하나의 글자도 가감할 수 없다.

강효백은 이렇게 말했다.

12

서양 사람들은 법을 이렇게 말했다 1

내가 맨 먼저 해야 할일은
법률가 놈들을 모조리 때려죽이는 일이다.
셰익스피어는 이렇게 말했다.

법은 언제나 부자에게는 유용한 것이고
가난뱅이한테는 해로운 것.
장자끄 루소는 이렇게 말했다.

사람들은 헌법을
신성불가침한 모세의 계약의 궤인 양 여긴다.
헌법은 인간사고의 발달과 항상 보조를
맞춰나가야 한다.
제퍼슨은 이렇게 말했다.

법률은 항상 침체하는 경향이 있다.
벽시계와 마찬가지로 가끔 청소하고,
밥을 주고,
정확한 시간에 맞추어야 한다.
헨리 비처는 이렇게 말했다.

법조인, 남의 재산을 뺏기 위해
그들만이 알 수 있는
은어를 주고받는 자들.
톨스토이는 이렇게 말했다.

13

제도가 세상을 바꾼다

세상이 변하길 원하는가?
제도를 바꿔라.

사람을 바꿔도 제도를 바꾸지 않으면
세상은 그대로다.

제도를 바꾸면 사람이 바뀌리라.

14

고대 로마인은 이렇게 말했다

법은 앞을 보고 뒤를 보지 않는다.

사회가 있는 곳에 법이 있다.

법 앞에 잠자는 사람은 법이 돕지 않는다.

고대 로마인은 이렇게 말했다.

15

진보란 권력을 잡으려는 자들의 것이다

보수란 권력을 잡고 있는 자들의 것.

진보란 권력을 잡으려는 이들의 것이다.

16

서양 사람들은 법을 이렇게 말했다 2

올림픽경기 우승자보다
국법을 가장 잘 지키는 사람이 가장 훌륭한 사람이다.
플라톤은 이렇게 말했다.

법률은 거미줄과 같다. 약자는 걸려서 꼼짝 못하지만
강자는 뚫고 나간다.
아나카르시스는 이렇게 말했다.

저주받으리라. 법률가여, 너희는 지식으로 들어가는
열쇠를 갖고서 너희 자신도 들어가지 않고
들어가려는 사람들까지 막았다.
예수는 이렇게 말했다.

법률가, 사회발전을 가로막는 가장 악질적인 무리들.
아놀드 베넷은 이렇게 말했다.

법관의 살을 벗겨보라. 사형집행인이 나타날 것이다.
빅톨 위고는 이렇게 말했다.

17

선은 지를 법으로 이길 수 없다

법은 착한 사람 편이 아니다.
아는 사람 편이다.

법률용어 선의(善意)는 착하다는 뜻이 아니다.
모른다는 말이다.
착할 선은 그들에게는 바보로 통한다.

진선미(眞善美)가 아니라 진지미(眞知美)다.

선은 지를 법으로 이길 수 없다.
무지는 지식을 법으로 상대할 수 없다.

18

법학과 지리학이 키스하면

자오선(子午線)이 진리를 결정한다.

불과 수년 동안에 법과 제도의 근본이 바뀐다.

기묘한 정의여!

한 줄기의 강에 지배를 받나니.

피레네 산맥의 이쪽에서는 진리인 것이
저쪽에서는 오류이다.

파스칼은 이렇게 말했다.
그는 이처럼 화려 은성한 언사로
법학을 지리학의 침실에 슬그머니 밀어 넣었다.

19

칼 아포리즘 7선

내가 세상에 평화를 주러 온 줄로 생각하지 말라,
칼을 주러 왔노라.
예수는 이렇게 말했다.

문화를 창조하려는 자는 반드시 무비가 있어야 한다.
(有文事者 必有武備)
공자는 이렇게 말했다.

한 번 휘둘러 쓸어버리니 피로 강산을 물들이라.
(一揮掃蕩 血染山河)
성웅 이순신은 이렇게 말했다.

술은 이태백의 칼집이었고 시는 이태백의 칼이었다.
독서는 나의 칼집이고 글은 나의 칼이다.
문협 강효백은 이렇게 말했다.

칼은 약자에게 기분을 강하게 해주는 것이다.
츠바이크는 이렇게 말했다.

군주가 칼을 소홀히 하면 나라가 망한다.
마키아벨리는 이렇게 말했다.

칼은 부러졌다. 그러나 나는 절단된 칼끝을 잡고
끝까지 싸울 것이다.
드골은 이렇게 말했다.

20

촛불이 개선문을 훤히 밝히다

자유 평등 박애
프랑스의 승리와 영광을 기리는 개선문 위에
촛불이 빛나고 있다.

파리 에투알 광장의 하얀 대리석 문,
수많은 초의 불빛이
은빛 금빛의 금관 위에서
오색 찬연한 장미 빛과 바다 빛 벨벳 위에서
빛나고 있다.

레마르크는 [개선문]에서 이렇게
촛불을 노래했다.

21

비서양은 동물의 왕국인가

세계사라 쓰고 서양사라 읽는다.
혁명도 역사도 학문도 예술도 죄다 서양이다.

서양이 아닌 세계는 인간이 살지 않는
동물의 왕국인 것인가.

문명의 태양은 동방에서 솟았도다.
빛의 인간은 동방에서 살았노라.

22

모든 혁명은
여자의 아집속에서 시작한다

모든 혁명은 여자의 탯집 속에서 시작된다.

함석헌은 이렇게 말했다.

23

이념과 법률이 코걸이가 되면

이념이
귀에 걸면 귀걸이 코에 걸면 코걸이면
더욱 멋진 이념이 될 수도 있다.
이념은 모호할수록 포괄적일수록 지지자가 많다.

법률이
이현령비현령이면 그건 이미 법률이 아니다.
법률이라는 신비화된 이름으로
지배집단이 피지배집단에게 가하는 폭력일 뿐이다.

루쉰은 이렇게 말했다.

24

추어탕거리도 못 되는 못된 법미꾸라지

법이 나쁘니까 법미꾸라지가 사는 것이다.
좋은 법이라면 법미꾸라지가 생겨나지 않았다.

법이 없다 법이 나쁘다 한탄 말고
하루빨리 좋은 법 만들어
그 법으로 못된 미꾸라지 일망타진해

기념으로 추어탕 한 그릇씩 먹자.

25

국가의 시간

국가의 과거는 사법으로 반추되고

국가의 미래는 입법으로 명료해진다.

법 없이 살 사람도

법 없이 살지 못한다.

26

내 마음속의 혁명은

혁명은
이전의 왕통을 뒤엎고 다른 왕통이
통치자가 되는 일이 아니다.
혁명은 비합법적 수단으로 국체나 정체를
뒤엎는 일도 아니다.

이처럼 사전에 적혀있는 혁명은
혁명이 아니라 정변이다. 쿠테타다.

혁명은 사람의 마음과 하늘의 뜻으로
세계의 운명을 변혁하는 일이다.

혁명은 하늘에 순(順)하고 사람에 응(應)하는 일이다.
혁(革)은 변혁함을 말한다. 명(命)은 운명을 가리킨다.
주역(周易)은 이렇게 말했다.

27

혁명은 왈츠다

혁명은 왈츠다.

혁명은 군중이
이념, 지도자, 조직과
4분의3박자로 더불어 추는 왈츠다.

군중이 춤춰야 혁명왈츠다.

이념, 지도자, 조직을 '위하여'는
가짜 혁명이다.

28

탈바꿈한 나비가 혁명이다

혁명은
애벌레가
쿠테타 번데기 허물을 벗고
나비로 자유롭게 날아가는 것이다.

나비는 정·반·합 변증법이다.
애벌레가 정, 번데기가 반, 나비가 합이다.
나비가 탈바꿈하는 것이 혁명이다.

29

동양 사람들은 법을 이렇게 말했다

법을 아는 사람이 오히려 법을 어기는 데 능통하다.
고대 인도인은 이렇게 말했다.

정의는 이롭고 불의는 해롭다.(義利不義害)
묵자는 이렇게 말했다.

법 앞에서는 지위나 친소의 차이를 두어서는 안 된다.
상앙은 이렇게 말했다.

법 아래에서 만인은 평등해야 한다.
군주는 입법자지만 법은 자의적인 것이 아니며
군주도 법에 구속되어야 한다.
한비자는 이렇게 말했다.

법은 세상을 고르고 밝게 만든다.
(律呂調陽 율여조양)
주흥사는 천자문에서 이렇게 말했다.

30

우리나라 사람들은 법을 이렇게 말했다

법은 사람을 착하게 하는 게 아니라
오직 옳은 사람을 얻는 데 뜻이 있다.
정도전은 이렇게 말했다.

감성의 법은 시(詩)고, 이성의 시는 법(法)이다.
문협 강효백은 이렇게 말했다.

있고도 시행되지 않는 법은
차라리 없는 것만 못한 것이다.
다산 정약용은 이렇게 말했다.

법으로 다스리는 법정은 있어도
양심을 물을 수 있는 법정이 없는 게
오늘의 비극이다.
안병무는 이렇게 말했다.

법률에의 신뢰란 결국 법관에의 신뢰란 뜻이다.
이병주는 이렇게 말했다.

31

알렉산더는 진짜 대왕이었다

인류는 그리스인과 이방인으로 나누어진다.
그리스인에게는 맹주로서 벗과 같이,
이방인에게는 생물을 대하듯 대하라.

아리스토텔레스는 알렉산더에게 이렇게 말했다.
알렉산더 대왕은 스승에게 이렇게 말했다.

인류를 그리스인과 이방인으로 나눌 것이 아니라
선과 악으로 나누어야 합니다.
신은 모든 인류 전체의 아버지며, 전 인류는 동포이며,
동과 서가 하나로 통합해야 합니다.

강효백은 이렇게 말했다.

알렉산더가 동쪽이 아닌 서쪽을 정복했으면
로마제국은 없었을지도 모른다.

알렉산더의 사상이 그 땅을 오래 지배했다면
예수가 다른 땅으로 왔을지도 모르리라.

32

누가 불의를 상관없다 하는가

정의든 불의든 상관없다.
노동자는 무조건 우리 편, 자본가는 무조건 적.
자본가는 무조건 우리 편, 노동자는 무조건 적.

정의든 불의든 상관없다.
보수는 무조건 우리 편, 진보는 무조건 적.
진보는 무조건 우리 편, 보수는 무조건 적.

정의든 불의든 상관없다.
영남인은 무조건 우리 편, 호남인은 무조건 적.
호남인은 무조건 우리 편, 영남인은 무조건 적.

정의든 불의든 상관없다.
젊은이는 무조건 우리 편, 늙은이는 무조건 적.
늙은이는 무조건 우리 편, 젊은이는 무조건 적.

정의든 불의든 상관없다.
미국은 무조건 우리 편, 중국은 무조건 적.
중국은 무조건 우리 편, 미국은 무조건 적.

우리 편이 아니면 무조건 적인가. 적이어야 하는가.

그 누가 불의를 상관없다 하는가.
그자가 적이다.

33

어느 파가
더 좋은 파인가?

좌파와 우파 둘 중 어느 파가 더 좋은 파인가?

이 질문은
메시와 호나우도,
누가 더 뛰어난 선수인가 묻는 것이 아니다.

바르셀로나 축구클럽과 뉴욕양키스 야구단,
둘 중 어느 팀이 이기냐고 묻는 것이다.

34

미국의 힘은 어디 있나요

영국은 해군으로, 프랑스는 육군으로,
독일은 이즘으로 세계를 지배했다.

G1, 미국의 힘은 미국헌법 제1조에서 나온다.

이 헌법에 부여되는 모든 입법권은
연방의회에 속하며,
연방의회는 상원과 하원으로 구성한다.

미국헌법은 이렇게 말한다.
미국의 힘은 입법이다.

35

법은 흘러가는 물처럼 변해야 한다

문협 강효백이 말한다.
법은, 법조항이라는 것은 절대불변의
수학공식이 아니다.

율곡 이이가 말했다.
법이 오래되어 폐단이 생겨 백성에게 해가 된다면
그 법은 고쳐야 마땅하다.

다산 정약용도 말했다.
세상은 날로 변하는데 낡고 썩은 법을 그대로 둔다면
국가는 쇠망하고 사회는 타락하고
백성은 고통으로 신음한다.

36

빛나는 율사를 기다리며

눈을 떠라.
율사들아, 눈을 감고 어두운 제국의 밤을
회상하지 마라.

지금은 한낮 대명천지다.
햇살이 국민 모두를 골고루 비추는 민주공화국이다.

율사들아,
태양처럼 세상을 밝게 만드는 언어를 주고받는,
우리말을 더 아름답게 다듬는 이성의 시인들이라
불리어다오.

율사들아,
산을 보고 그냥 산이라고 하라.
산이 아니라고 아니 볼 수 없다고 하지 마라.

산은 산이고 물은 물 아닌가.
참은 참이고 거짓은 거짓이다.
정의는 정의고 불의는 불의 아닌가.
시(是)는 시(是)고 비(非)는 비(非)다.

37

나라 생각
아포리즘 5선

살아서 독립의 영광을 보려 하지 말고
죽어서 독립의 거름이 되자.
안창호는 이렇게 말했다.

모국을 사랑하는 자는 인류를 미워할 수 없다.
처칠은 이렇게 말했다.

나의 소원은 우리나라 대한의
완전한 자주독립이다.
백범 김구는 이렇게 말했다.

인간 최고의 도덕은 무엇인가, 애국심이다.
나폴레옹은 이렇게 말했다.

공자가 노나라를 떠날 때
발이 떨어지지 않는다고 말했다.
모국을 떠나는 도리였다.
맹자는 이렇게 말했다.

38

대한민국은 제 7공화국이 아니다

바뀌는 것이 없으니 자꾸 공화국 숫자만 바꾸려 한다.
작금의 대한민국은 제1공화국이자 제6공화정이다.

현재 중화인민공화국은 중국의 제2공화국이다.
중화민국이 제1공화국이다.

70년 동안 대한민국은 정치체제만 변했지
국가체제는 불변이다.

39

정正의義 아포리즘 7선

피해를 입은 사람들보다 피해를 입지 않은 사람들이
더 분노하면 그 사회는 정의로운 사회다.
한국 초등학교 4학년 어린이는 이렇게 말했다.

정의는 진실의 실현이다.
주베르는 이렇게 말했다.

정의는 무엇과도 대체될 수 없어 비싸게 친다.
케베드는 이렇게 말했다.

정의의 정체와 지연은 불의다.
랜러는 이렇게 말했다.

정의가 독점될 때 독선이 된다.
지학순은 이렇게 말했다.

정의란 남을 방해하거나 간섭하지 않는 것이다.
플라톤은 이렇게 말했다.

정의 없는 힘은 폭력이고 힘없는 정의는 무효하다.
파스칼은 이렇게 말했다.

40

정의는 잃는 것이다

정의는 잃는 것이다.

정의를 위해서라면
모든 걸 잃고도 슬퍼하지 않아야
정의가 구현된다.

정의는 잃은 만큼 얻는 것이다.
이만큼 정의는 깔깔한 것이리라.

41

정의에게 쓰디쓴 아포리즘 3선

정의는 강자의 이익일 뿐이다.
소피스트 트라시마코스는 이렇게 말했다.

자기편에 유익한 게 정의다.
호르바트는 이렇게 말했다.

불의는 참아도 불이익은 못 참는다.
한국의 광고 카피라이터는 이렇게 말했다.

행복의 시간은 삼차원이다

Aphorisms & Poems **02**

강효백은 이렇게 말했다

꽃은 다 함께 피지 않는다

42

천재의 적은
천재가 아니다. 마침표다.

사람들이 깔아놓은 레일에
자신의 사유와 삶을 달리게 하지 않는 자가 천재다.

천재의 척도는 물음표의 비중이다.
천재의 친구는 물음표이며 천재의 적은 마침표다.

천재의 적은 천재가 아니라 마침표다.

43

태어나자마자 울듯 빠르게

태어나자마자 우는 것처럼 빨리 시작하라.
시작은 반이 아니라 90%다.

시도했던 모든 것이 물거품이 되었더라도
그것은 또 하나의 전진이기 때문에
에디슨은 용기를 잃지 않았다.

끝내야 할 때는 당신의 심장이 더 이상
두근거리지 않을 때다.

44

시詩한잔 주소

시 한잔 주소, 목말라요.

사랑을 주제로
수많은 시(詩)를 쓰듯
힘겨운 날엔 사랑이라는 낱말 하나로 살아가자.

목마르니 시(詩) 한잔 주소.

마음을 가난하게 해 눈물이 많게
생각을 빛나게 하여 웃음이 많게
시처럼 하루하루 살리라.

45

황금보다
지只금今을 골라 집는다

지금엔 더 보탤 것이 없다.

지금이 유일한 시간 돌잡이다.

지금을 살아갈 때
삶이 깊어지고 의미를 넓혀간다.
취한 듯 짜릿하고 황홀한 삶이 열린다.

황금보다 지금(只今)을 골라 집는다.

46

악마는 유혹한다 후회하라고

악마는 유혹한다.
후회하라고

천사는 속삭인다.
다만 사랑하라고

후회는 이미 소화된 과거를
현재에 게워내는 짓이다.

사람아, 지난 일을 반추하지 말자.
사람아, 사랑의 나무 그늘 밑에서
해시계 열매를 하나씩 맺어가며 살자.

47

움직이지 않는 나무는 죽은 나무다

듣지 않는 것은 듣는 것보다 못하며,
듣는 것은 보는 것보다 못하다.

보는 것은 아는 것보다 못하며,
아는 것은 이를 행동하는 것보다 못하다.

청(聽) < 시(視) < 지(知) < 행(行)

행하지 않았다는 것은
아무것도 하지 않았다는 것이다.

48

웃음 아포리즘 3선

육체에는 술, 정신에는 웃음.
베르빌은 이렇게 말했다.

웃음은 이빨을 깨끗하게 한다.
앙골라 사람들은 이렇게 말했다.

웃음을 포함하지 않는 진리는 진리가 아니다.
니체는 이렇게 말했다.

49

꽃은 다 함께 피지 않는다 1

세상에는 꽃보다 많은 사람이 있다.

꽃을 시로 만드는 사람
꽃을 감상하는 사람
꽃을 따 먹는 사람

세상에는 사람이 더 있다.

꽃을 피우는 사람
꽃을 사고 파는 사람
꽃을 머리와 가슴에 꽂는 사람

50

행복의 길이를 늘리는 법

하루만 행복하려면 이발을 하라.

일주일을 행복하려면 새 차를 사라.

한 달 동안 행복하려면 결혼을 하라.

한 해를 행복하려면 새 집을 지어라.

그러나
평생을 행복하려면 정직하여라.

유럽 사람들은 이렇게 말했다.

51

우주의 생명은 생각이다

안드로메다 가고 싶다 생각하자마자
안드로메다에 도착한다.

빛보다 빠른 것이 생각이다.

우주의 생명은 생각이다.

생각과 생각이 알파와 오메가이다.

52

어떤 남자가 사는 법

세상의 모든 마침표를 물음표로 바꿔본다.

남다른 노력을 하려고 노력한다.

창조하는 사람을 창조하려 시도한다.

53

강자의 미덕엔 복종이 있다

사나이는 자기를 알아주는 자를 위하여 죽는다.

혼신일체의 복종은 약자의 덕이 아니라
강자의 미덕이다.

진정한 권위와 진정한 복종이 만났을 때
강자들 사이엔 자연스러운 위계만 존재한다.

강효백은 이렇게 말했다.

사나이는 자기를 알아주는 자를 위하여 죽고,
여자는 자기를 사랑해주는 사람을 위해 화장한다.

士爲知己者死, 女爲悅己者容

예양은 〈사기 자객열전〉에서 이렇게 말했다.

54

말은 묻는 데
사용하는 것이다

말을 모방하여 쓴 글은 창백하다.
몰라서 묻는 데 말을 쓰고
글은 정확히 알고 나서 써라.
말을 따라 글을 쓰지 말라.

글은 퍼런 물고기 비늘처럼 생동해야 한다.
진리가 관념적이면 관념적일수록
실체와 경험을 진리에 끌어들여야 한다.
쓴 글은 살아있어야 한다.

시는 문학의 태양이다.
산문가의 위대함은 시에 가까이 다가가되
시로 들어가지 않는 데 있다.

태양으로 들어 가버린 시는 글 가루조차
남기지 못하리라.

55

힘을 주는 한 줄 아포리즘 7선

최초는 영원한 최고다.

The first is the best everlasting

문협 강효백은 이렇게 말했다.

굳은 결심은 가장 유용한 지식이다.
나폴레옹은 이렇게 말했다.

우리는 길을 찾거나 만들 것이다.
한니발은 이렇게 말했다.

오랫동안 꿈을 그리는 사람은
마침내 그 꿈을 닮아간다.
앙드레 말로는 이렇게 말했다.

성실하게 열심히 일하는 사람은 싫다.
미친 사람이 좋다.
손정의는 이렇게 말했다.

미래는 강한 자가 아니라
빠르게 변화하는 자가 승리한다.
김영기는 이렇게 말했다.

정박 중인 배는 안전하지만
배의 목적은 그것이 아니다.
존 쉐드는 이렇게 말했다.

56

사이비 종교는 정치에 개입한다

학문으로 예술과 종교를 부정하지 않고
예술로 학문과 종교를 경멸하지 않고
종교로써 학문과 예술을 심판하지 않는다.

물음표의 학문과 느낌표의 예술과
마침표의 종교를 뒤섞지 않는다.

종교의 자유를 줬더니
정치는 종교에 개입하지 않는데,
사이비 종교가 정치에 개입한다.

57

성공 아포리즘 5선

적은 밖에 있는 것이 아니라 내 안에 있다.
나를 극복하는 그 순간 나는 징기스칸이 되었다.
징기스칸은 이렇게 말했다.

과거의 방식을 고집하는 한 발전은 없다.
이것은 자신이 배출해 낸 공기를 다시마시는 꼴이며,
어느 순간 질식하게 마련이다.
칼리 피오리나는 이렇게 말했다.

정열을 사용하지 않으면 위축되고,
용기도 쓰지 않으면 줄어들고,
결단도 활용하지 않으면 시들고,
사랑도 나누지 않으면 없어진다는 것을 기억하라.
앤써니 로빈슨은 [네 안에 잠든 거인을 깨워라]에서
이렇게 말했다.

꿈을 날짜와 함께 적어 놓으면 그것은 목표가 되고,
목표를 잘게 나누면 그것은 계획이 되며,
그 계획을 실행에 옮기면 꿈이 실현되는 것이다.
그레그 레이드는 [10년 후]에서 이렇게 말했다.

실패는 죄가 아니다.
목표가 없거나 낮은 것이 죄다.
목표가 없는 삶은 정신적 식물인간이다.
희망하는 목표는 명료해야 한다.
목표를 성취하면 곧바로 목표를 높여라.
문협 강효백은 이렇게 말했다.

58

길 아포리즘 5선

길이라고 할 수 있는 길은 영원한 길은 아니다.
(道可道非常道)
노자는 이렇게 말했다.

나는 다만 길을 가리킬 뿐이다.
석가모니는 이렇게 말했다.

군자는 대로행(大路行) 협객은 독고행(獨孤行)
문협 강효백은 이렇게 말했다.

길은 가까운 데 있다.
그런데도 이것을 먼 데서 구한다.
맹자는 이렇게 말했다.

원의 중심에서 얼마든지 반경을 그을 수 있듯
길은 얼마든지 있다.
소로는 이렇게 말했다.

59

신 백전백승
손자병법

남이 없으면 나는 있게
남이 있으면 나는 뛰어나게
남이 뛰어나면 나는 새롭게
남이 새로우면 나는 신기하게

(他無我有 他有我優 他優我新 他新我奇)

궁하면 변화하고 변하면 통한다.

(窮卽變, 變卽通)

변화를 이해하고 행하면
세상의 승자가 되리라.

60

실패는 하나부터 열까지 쉽다

실패는 쉽고 성공 후의 실패는 더 쉽다.

성공은 어렵고 성공 관리는 더욱 어렵다.
성공은 처음부터 끝까지 어렵다.
성공은 시종일여(始終一如)하기 어렵다.

61

공자가 노자를 만났다

공자가 어느 날 노자를 만나러 갔다.
노자는 소를 타고 공자를 맞이했다.
공자와 노자는 며칠 동안 많이 대화했다.
노자는 떠나가는 공자에게 두 마디를 남겼다.

그대가 말하는 건 이미 옛사람들이 말한 것이다.
그들은 존재하지 않고
단지 그 말만 남아 있을 뿐이다.

높은 덕을 지닌 사람은 모두 소박한 사람들이다.
그대는 교만한 마음가짐과
꾸민 듯한 태도와 욕망을 버리도록 하라.

공자는 나중에 제자들에게 이렇게 말했다.

새가 난다는 사실을 나는 안다.
물고기가 헤엄친다는 사실도 나는 안다.
짐승이 걷는다는 사실도 나는 안다.

그러나
용은 구름 끝에나 하늘에 있어 잡을 수도 없고
예측할 수도 없다.

노자야말로 용과 같은 분이로다.

62

태어나서 운 것처럼 새롭게 시작하라

당신이 태어나서 운 것처럼 새롭게 시작하라.

강효백은 이렇게 말했다.

아인슈타인도 말했다.
우리가 현재 대면하고 있는 문제들은
현재의 사고방식으로는 해결할 수 없다.

사고의 유형 자체를 바꾸는(paradigm shift)
새로운 사고방식을 배우지 않으면 안 된다.

63

고독 아포리즘 5선

고독해야지 자유스럽다.
고독한 우리들은 모두 왕이다.
칸트는 이렇게 말했다.

강자(强者)란 보다 훌륭하게
고독을 견디어 낸 사람이다.
프리드리히 실러는 이렇게 말했다.

천상천하 유아독존.(天上天下 唯我獨尊)
석가모니는 이렇게 말했다.

고독은 지혜의 최선의 유모다.
슈타르너는 이렇게 말했다.

고귀한 사상을 몸에 지니고 있는 사람은
결코 고독하지 않다.
필립 시드니는 이렇게 말했다.

64

프랑스 오동나무와 프랑스 장자

플라타너스를
중국인들은 법국오동(法國梧桐)
프랑스 오동나무라 부른다.
혁명의 나라 프랑스와 낭만의 나무 플라타너스의
만남은 예사롭지 않다.

자연으로 돌아가라는 루소의 말이
장자(莊子)의 사상과 닮아
루소가 장자의 환생이 아닐까 싶었는데
루소의 성과 중간 이름 장자끄(Jean-Jacques)
그 장자끄에 장자가 있었다.
진리는 멀리 있지 않았다.

플라타너스여
너 프랑스 오동나무여
나는 이제 루소를 프랑스 장자로 부르련다.

전시에는 군인이 꽃이지만 평시에는 상인이 꽃이다

65

강태공은
백정이었다

강태공은
30년 동안 정육점과 식당을 운영했다.

강태공은 먹을 것을 하늘로 여기는
백성들과 고락을 함께했다.

강태공은 백성을 알았다.
강태공은 하늘을 알았다.

임금은 백성을 하늘로 여기고,
백성은 먹을 것을 하늘로 여긴다.

王者以民爲天 而民以食爲天

낚시꾼의 대명사 강태공은
낚시만 하지 않았다.

66

중국의 이천 년을 함축하다

진시황이 통일한 진, 진승이 깨뜨리고
유방이 세운 한, 황건적에 무너지고
조조가 문을 연 중세, 황소에게 문닫겼네.

주원장이 불 밝힌 명, 이자성이 꺼버리고
손문의 중화민국, 모택동이 홍(紅)칠 했네.
누군가, 인민공화국, 그다음의 영웅은?

67

공산주의 세 떨기 꽃은 다 지고

공산당 일당독재 중화인민공화국에 가 봤더니

공산주의 세 떨기 꽃,
프롤레타리아독재, 계급투쟁, 폭력혁명은
다 지고 없고

중국인들의 노랫가락 속에는
천하통일, 중화사상, 실용주의만 남았더라.

공산주의는 웬걸 돈독만 잔뜩 올라있더라.

68

어찌 짜장면뿐이겠는가

중국서 살다보니 짜장면 생각이 굴뚝같았다.
고향에 돌아오니 생각나지 않았다.

어찌 짜장면뿐이겠는가.

소중한 것들은
우리 바깥 먼 데 있는 게 아니라
우리 안 가까이 있는 것을…

어찌 짜장면뿐이겠는가.

69

진실은 피라미드 중심에 있다

우리는 왜 산꼭대기만 바라보는가.
산사가 산중턱에 자리 잡고 있는데.

사람들은 왜 피라미드의 정점만 바라보는가.
진실이 피라미드의 중심에 묻혀 있는데.

70

중국은 수은이다

수은(水銀)은 실온에서 액체인 유일한 금속이다.
매혹적인 빛깔에 응집력도 있다.

진시황은 중국을 수은처럼 만드는 데 성공했다.
문자·화폐·도량형을 통일하고, 군현제를 창안했다.
광활한 강토에 고속도로 격인 직도(直道)와
수은처럼 응집력 강한 제도의 모노레일을 깔았다.

영웅은 천하를 제패하고 제도는 강산을 안정시킨다.
英雄打天下 制度定江山

중국이 갈라질 듯 갈라지지 않는 비결은
사랑하는 수은을 먹고
수은 강이 흐르는 무덤에 묻힌 진시황이
생전에 수은에서 얻은 상상력이 아닐까.

71

당 중앙기율검사위원회

황색 대륙 신중국 붉은 열차엔
공산당 한 정당
감찰기관 한 기관

독립 사법기관 아니 달고
삼권분립 없이
가기도 잘도 간다. G2 나라로.

부패만이 중국을 망국의 길로 이르게 했다.
당 중앙기율검사위원회가 그 망국의 길 부패를
막는다.

72

태산과 태백산 사이엔 황해가 있다

태백산 밑에 살면 태백산을 닮아가고
태산 기슭에 살면 태산을 닮아간다.
태백산 태산 사이에선 나누어 닮는다.

한·중 태백산과 태산이 강물을 바다로 보내
무수히 사연을 쌓은 황해가 출구를 세계로 열었다.

73

중국의
동북아 우방국 추첨

일 순위가 한국이다.
이 순위는 일본이다.

동북아시아에 더 이상 나라가 없어
북한이 삼 순위다.

74

사드는 일본과의 오월동주인가

사드 배치는
보름달 같아지는 중국과 척지고
그믐달 같아지는 일본과 한 배 타는 것이다.

사드는 친미반중 아닌 친일반중이다.
중국은 한미동맹은 참아도 한미일 동맹은 못 참는다.

미중일이 우리 외교 순서다.

75

차라리 히틀러 나찌가 인도적이었다

차라리 히틀러의 유대인 독가스 집단학살이
인도적이었다.

임산부 배 가르기,
소년의 목을 일본도로 단칼에 베기,
내기시합을 벌이며 웃은,

한 달에 30만 양민을 학살한
일제침략군의 남경대학살 만행에 비해
히틀러 나찌가 인도적이었다.

중국은 한미동맹은 참아도 한미일동맹은
절대 방관하지 않는다.

중국은 일본을 용서하지 않았다.

76

중국인은 상商인人종種이다

중국인은 상인종(商人種) 이다.

한국에서는 중국인을 모독하는 말이라 생각한다.
중국에서는 중국인을 잘 표현한 말이라 여긴다.

중국인은 모두 상인이다.

77

전시에는 군인이 꽃이지만 평시에는 상인이 꽃이다

부자되는 길은 농업이 공업보다 못하고
공업은 상업보다 못하다.
문장을 희롱하는 일은
시장바닥에 앉아 돈을 버는 일보다 못하다.
말업이라고들 하지만 부자가 되는 지름길은
뭐니뭐니해도 상업이 최고다.

사마천(司馬遷)은 이렇게 말했다.

왕젠린(王健林) 완다그룹 총재는 이렇게 말했다.

전시에는 군인이 꽃이지만,
평시에는 상인이 꽃이다.

78

세계최고 중국통은 누구인가

철학자 칸트가 중국을 잘 알까.
방랑자 김삿갓이 중국을 잘 알까.

세계최고 중국통은
중국 땅에서 수십 년 살면서
중국 사람들과 온갖 풍상 다 겪은
한국 국적의 이름 없는 소상공인들이다.

한국인에게는 수천 년간
중국인과 싸우고 교류해온 유전자가 있다.

79

덩샤오핑이 없으면 오늘의 중국은 없다

덩샤오핑이 없으면 오늘의 중국은 없다.

沒有鄧小平 就沒有今天的中國

서방학계는
정객인 덩샤오핑을
입법가(Law Maker)나
마스터 디자이너(Master Designer)라 불렀다.

서방학계랑 우리랑 보는 관점이 다르다.
같은 눈인데 사람 보는 눈이 다르다.

80

공자 앞에서 문자 써도 된다

중국인 앞에서 음식이야기 해도 된다.
공자 앞에서 문자 써도 된다.

하지만
중국인 앞에서 돈, 시장, 자본을
함부로 논하지 마시라.
그대의 경제 말씀에 고개를 끄덕거리는
중국인은 없으리라.
피식 웃는 중국인은 목격할 것이다.

중국은 온통 시장이다. 중국인은 모두 상인이다.

81

마르크스 주의는 심심풀이 땅콩이다

등소평 이후
중국에서의 이론은 현실에 바탕을 둔 이론만이
이론이다.

현실과 괴리된 이론은 잡설이다.
관념론의 우리나라에선 주의 〉 사상 〉 이론 순이다.
반면 경험론이 압도하는 중국에선
주의 〈 사상 〈 이론 순이다.

하지만 요런 구별은 중국 먹물들의
노닥거리일 따름이다.
실제로는 주의고 사상이고 이론이고
다 필요 없다.

첫째도 이익, 둘째도 이익, 셋째도 이익,
오로지 무한대 이익이다.

82

중국의 국國시是는 사회주의 시장경제다

국가의 기본 이념과 정책에
시장이라는 노골적 자본주의 용어를
수십 년째 명시해온 나라가
중국 말고 어디 있는가.

중국은 온통 시장통이다.

83

악마를 보았다

일본도(刀)로 소년의 목을 잘라내면서
임산부의 배를 도려내면서
일본군은 싱글벙글 웃었다.
매일 만 명을 살육하고 삼천 명을 강간했다.

악마를 보았다. 지옥을 보았다.
가슴에 엉키고 뭉친 걸 풀어내고 싶었다.
한 줄기 눈물로는 쉽게 뽑아낼 수 없었다.
인간에 대한 절망을
역사에 대한 분노를
창자가 쏟아질 듯한 토악질을 해댔다.

어느 무더운 여름날 난징에서였다.

84

기(奇)특(特)한 중국

중국은 기이한 사람을 좋아한다.
특수한 사람은 그저 그런 존재다.

특(特)이 과거엔
수소, 남자노예여서 그런 듯싶다.

사내종을 서열별로
일특(一特), 이특(二特), 삼특(三特) 부르기도 했다.
우리 식으론 삼득이, 칠득이쯤 되겠다.

85

공자는
천하의 대도적이다

"가는 것이 이와 같을까?
밤낮으로 흘러 쉬는 일이 없구나."

공자(본명 孔丘)는 강물의 흐름을 보고
무상한 인간의 생명과 존재를 발견하였다.

그때 건너편 강둑을 소요하던 장자(莊子)는
대도적 도척(盜蹠)과 비교로 공자를 비판했다.

공자, 너는 지금 헛된 말과 거짓된 행동으로
천하의 임금을 미혹시켜 부귀를 추구하고 있구나.
도적치고 너보다 더 큰 도적이 어디 있느냐.
천하 사람들은 어찌하여 너를
도구(盜丘)라 부르지 않는가.

86

북 베이징
남 난징

베이징이 사람이라면
절도 있는 언행과 경직된 표정에
칙칙한 색조의 인민복 차림이다.

난징은 단아한 용모에 은근한 미소를 담은
관능의 치파오 차림이다.
게으른 하품에 낮잠을 즐겨도 되는 분위기다.

베이징이 각성상태의 도시라면 난징은 이완상태다.
남성적인 베이징과 달리 난징은 여성적인 도시다.

한국이 남남북녀라면 중국은 남녀북남이다.

87

한 · 중의 흥망 변곡점

만만디가 아니다.
삼철(三鐵) 중국은 콰이콰이이다.
그것도 여유만만 콰이콰이(快快)다.

고속철과 사대강이 한·중 양국의
흥망 변곡점이리라.

88

선비와 사무라이 그리고 대인

우리나라 사(士)는 의례 문사인 선비다.
일본의 사는 무사인 사무라이다.
중국의 사는 문사와 무사를 통칭한다.

각계각층의 엘리트 사(士)의,
한중일 삼국의 제각기 다른 해석이 다른 역사를
낳았다.

한국이 선비의 나라였다면
중국은 대인(大人)의 나라였다.

89

동적인 상이 정적인 고를 압도한다

이리저리 돌아다니며 파는
행상을 상(商)이라 한다.
일정한 장소에 앉아 좌판 위에 물건을 벌여놓고 파는
좌상을 고(賈)라 한다.

상인하면 으레 행상을 일컬었다.
동적인 상이 정적인 고를 압도한 것이다.

90

배가 아픈 한국인
배가 고픈 중국인

한국인은
배고픈 건 참아도 배아픈 건 못 참는다.

중국인은
배아픈 건 참아도 배고픈 건 못 참는다.

91

협객 이데올로기

원수를 지면 반드시 원수로 갚아라.
복수하지 않으면 벌레보다 못하다.

은혜를 입으면 반드시 은혜로 갚아라.

보은하지 않으면 짐승만도 못하다.
원수를 은혜로 갚는 자는
은혜를 원수로 갚는 자처럼 살아갈 가치가 없다.
이승은 물론 저승에서도…

92

황제의 탑 대신 암살미수범 기념탑이 있었다

진시황을 위한 탑은 없었다.

하지만
진시황 암살 미수범 형가를 기리는 탑은
천년도 넘게 우뚝 서 있었다.

바람은 소소하게 불고 역수(易水)는 차가워라.
장사 한번 떠나면 돌아오지 못하노라.

風蕭蕭兮易水寒

壯士一去兮不復還

진시황을 암살하려는 형가(荊軻)는
역수를 도하하며 이렇게 읊었다.

사람의 동사는 사랑이다

Aphorisms & Poems **04**

강효백은 이렇게 말했다
꽃은 다 함께 피지 않는다

93

0으로 살지 말자

0으로 살지 말자.
01은 1일 따름이다.
0은 다른 숫자를 제대로 만나야 가치가 생긴다.

홀로 선 둘이 만난 것이 우리다.

우리는 언제까지나 우리일 수 없다.

나는 나고 너는 너인 순간이 언젠가는 오리라.

94

시너지는 0처럼

때론 0으로 살자.

2를 20으로 만들도록

밀 때는 아낌없이 밀어주자.

서로 남인 우리가 하나처럼 행해야 시너지다.

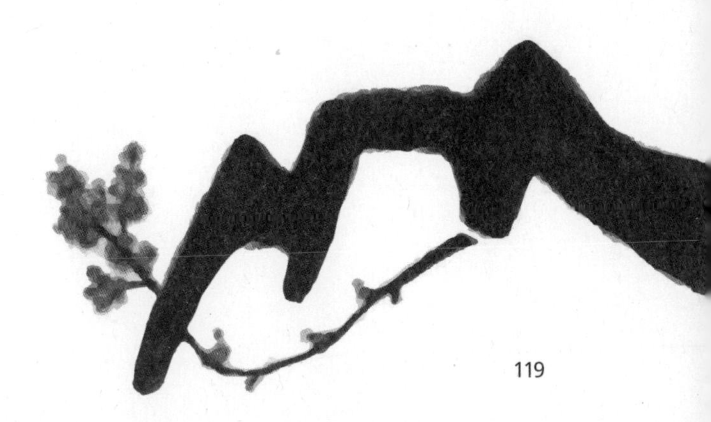

95

사람의 동사는 사랑이다

사람의 동사는 사랑이다.

사람의 본디 말은 사랑바람(願)이다.

사람의 준말은 삶이다.

하루하루의 삶을 이은 것이 그 사람이리라.

96

아침 해가 낡은 것들의 적이 되어

동쪽 하늘 문이 열리더니
아침 해가 붉은 망토를 걸치고
낡은 것들의 적이 되어
산하를 개화시키며 건너오고 있다.
내 안으로

아침마다 새롭게
날마다 새롭게 태어나려는 자여,
사유와 행동으로
해와 함께 새로움을 생성하려는 이여,
그대에게 하루는 영원한 아침이다.

97

사람을 창조하는 사람

사람을 창조하는 사람.

우주를 창조하는 우주.

조물주를 창조하는 조물주.

창조의 본질은 창조적 상상이리라.

98

시간은 3차원이다

우주(宇宙)는 공간(宇)과 시간(宙)의 합체다.

인간은
공간은 3차원 입체로 보고
시간은 1차원 직선으로 인식한다.

인간과 초월적 존재의 차이다.

시간을 1차원 직선으로 보는 인간과 달리
초월적 존재는 시간이 3차원 입체임을 알리라.

99

사람이 신의 모습이다

사랑이 신의 마음이었다.

우주가 신의 영토로구나.

사람이 신의 모습이다.

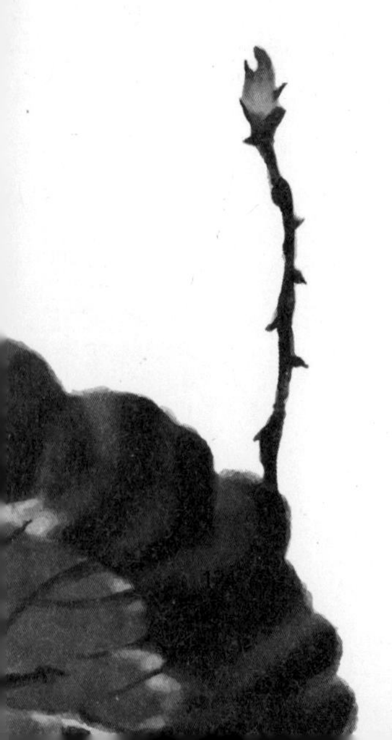

100

윤슬 빛이
흰 비늘을 턴다

빛 속에 소리가 샌다.
저 왁자한 빛의 소리

귀안에서 귀밖에서
어금니 사이에서

무수한 깃발 푸들대다
흰 비늘을 털고 있다.

101

人은 앎을 사랑한다

삶의 ㅅ은 표음문자이며 상형문자 사람 人이다.
人이 앎을 사랑해야 삶이다.

혼자서는 앎이 필요하지도 않다.
人, 하나와 하나가 만나 둘이어야 사람이다.

102

어제의 낡은 나를
죽였으니

부활의 기적처럼
맞이하는 고운 햇살

어제의 낡은 나를
철저히 죽였으니

오늘은
생애 끝 날처럼
치열하게 살리라

103

모른다는 것과 미워한다는 것은 한가지다

사람의 준말은 삶
산다는 것의 준말도 삶

안다는 것의 준말은 앎
아름답다는 것의 준말도 앎

삶과 아름답다는 것
안다는 것과 사랑한다는 것은 한가지다.

죽음과 추하다는 것
모른다는 것과 미워한다는 것은 매한가지다.

104

새는 날개를
무겁게 생각지 않는다

새는 날개를 무겁게 생각지 않는다.
날개 없이 날 수 없는
새는 날개다.

나는 노력을 무겁게 생각지 않는다.
노력 없이 비상할 수 없는
삶은 노력이다.

A bird feels not its wings heavy.
No flying without wings.
A bird is wings.

I feels not my efforts heavy.
No flying without efforts.
Life is efforts.

105

태초를 향하여 무한 전진하라

삶은
진실과 거짓의 투쟁,
정의와 불의의 투쟁,
자유와 폭압의 투쟁,
합심과 독선의 투쟁이다.

삶은
이상적인 자아로 스스로를 진전시키는 것이다.

전진.
무한 전진하라! 태초를 향하여

106

예쁘네 못났네
따져 봤자

가진 사람, 높은 사람, 배운 사람이
걱정도 허물도 더 많습디다.

사람이 세상에 남기는 건
모은 게 아니라 뿌린 것입디다.

더 벌자고 남 울리고 죄짓는 거 보면
차라리 없는 인생만 못합디다.

행복하게 사는 사람은
오래가는 주는 기쁨을 소중히 여깁디다.

남녀 간에 예쁘네 못났네 따져 봤자
세월 앞에서는 거기서 거깁디다.

남 안 울리고 자기 속 편하면
그 사람이 잘 사는 겁디다.

107

재를 남기지 않는 불잉걸처럼

24시간 365일 연중무휴
내 마음의 문을 열어놓는다.

삶은 신선해야 한다.
마음의 문을 한시라도 닫지 말자.

아는 자로 머물지 말고
배우는 자로 끝까지 가슴이 뛰도록 하자.
그것이 내가 이 세상에 온 이유이자 목적이다.

순간순간을 생동하며 살자.
아쉬움의 재를 남기지 않도록 불잉걸처럼 살자.
바로 지금 바로 여기, 지금은 늘 실천이다.

108

도道는 골짜기를 그린다

도를 얻기까지 삶은
1급에서 9급으로 내려가는 것.

득도한 후의 삶은
1단에서 9단으로 올라가는 것이다.

도는 V를 그린다.

109

네 밝음으로 나를 녹이리라

먼 곳으로부터 어둠을 거두면서 다가오는 빛이여
밤의 칼집에서 빛의 검을 꺼내드는 검투사여
하늘을 밀어 올리는 어린 빛이여 꿈의 빛이여

티 없이 맑은 자여
깊고 오묘한 빛의 심연이여

네 높이로 나를 던져 올린다.
네 깊이로 나를 던져 내린다.
네 밝음으로 나를 던져 녹이리라.

110

낮과 밤

하루의 낮은 이승
하루의 밤은 저승

이승의 낮에 쉬지 말라, 일을 하라.
쉼은 저승의 밤에 쉬라.

영혼의 밤은 내세
영혼의 낮은 현세

잠은 내세의 밤에 자라.
현세의 낮에 잠들지 말라, 깨어 있으라.

111

조간을 펼친
아침 바다

이슬 알알 섬섬히
밟으며 오는 그대 눈빛

꽃사슴 콧등 새큰한
생즙(生汁)풀물도 들겠다.

조간(朝刊)을
받아 펼친 듯
한 장 아침 바다여

112

저녁은 내일을 데려온다

저녁이 황금 옷자락을 이끌고
강물에 목욕을 하며
사위어가는 기억들을 데려온다.

저녁은 새들을 둥지로 데려오고
아이들을 부모에게 데려오고
떠도는 것들을 머무는 것에게 데려온다.

저녁은 내일을 데려온다.

113

새벽이 흩은 빛을 돌려받는 저녁노을

새벽이 흩은 빛을
돌려받는 저녁노을

타성에 또 지고만
목숨의 돛단배가

아직껏
호박(琥珀)빛 바다에
떠있음이 죄스럽다.

114

아저씨 아줌마들이 사라져간다

나이를 먹는다는 것은
아저씨 아줌마들이 줄어든다는 것.

할아버지 할머니는 보이지 않고
형 언니만 남아간다.

쉰 즈음이었다.

115

야간열차

심령의 산, 환등처럼
스쳐가는 신기루다.

달빛은 고이 잠든
황토를 일깨우고

간이역
역부의 어깨로
소낙비가 달린다.

116

나는 점점
커져 간다

나는 점점 커져 간다.
나는 점점 넓어져 간다.
더 커지고 커져
지구를, 태양계를, 우주를,
나는 수많은 우주와 숱한 세상을 포괄한다.

순식간에 나는 모든 것이 된다.
모든 것 안에 내가 있다.

시간이라는 것은 의미 없다.
나의 과거, 현재, 미래는 착각이다.

모든 것이 동시에 존재한다.
육체 안에서는 한 순간밖에 감지 못하지만
동시에 인식할 수 있다.

잘못될 수 없다는 것을 안다.
모든 것이 미리 정해진 건 아니다.
순간, 그 매순간을 느끼면 된다는 것을 안다.

나의 세상은 수많은 세상 가운데 하나이다.
모든 시간이 동시에 존재한다.
사람이 이미 깨달은 존재고 모든 사람이 하나다.
만물은 자기 자신이요 나는 존재하는 모든 것이다.

117

아픔도
하늘 한 뜨락을

네 생각 어깨위로
돋아나는 감빛 노을

그 둘레 울음소리
낭자한 산새들은

아픔도
하늘 한 뜨락을
넓히는 걸 보는가.

118

육체적 죽음의 순간
나비는 난다

육체적 죽음의 순간,
나비는 난다.

삶은 누에고치다.
육체는 번데기,
존재의 껍질에 불과하다.

영혼은 나비다.
육체 내면의 진정한 자기,
나비는 불사이며 불멸이다.

119

시간 아포리즘 7선

흘러가도 또 오는 시간과
언제나 새로운 그 강물에 발을 담그면.
정태춘은 이렇게 말했다.

오직 현재만이 있다.
과거의 현재는 기억이며 현재의 현재는 직감이며
미래의 현재는 희망이다.
아우구스티누스는 이렇게 말했다.

사람을 가르치는 건 시간.
김남조는 이렇게 말했다.

시간은 틀린 것을 마멸시키고 진실을 빛나게 한다.
G. 레비스는 이렇게 말했다.

시간상으로 보건대 자신이 서있는 현재는
가장 늦게 온 손님이다.
니체는 이렇게 말했다.

성인은 한 자(尺)의 공간보다
한 치(寸)의 시간을 중히 여긴다.
유안(劉安)은 이렇게 말했다.

공간이 3차원 입체이니 시간도 3차원 입체이리라.
문협 강효백은 이렇게 말했다.

너를 보려고…
다시 눈을 감았다

Aphorisms & Poems **05**

강효백은 이렇게 말했다

꽃은 다 함께 피지 않는다

120

사랑에는 마침표가 영원히 없기를

사랑하면 마침표가 영원히 없길 바란다.

증오하면 당장 마침표를 찍길 바란다.

처음 마침표가 제일 강력하다.

121

사랑은 손바닥 위 수은이다

사랑은 손바닥 위 수은이다.
움켜쥐려 하면 산산이 부서져 버린다.

사랑은 수은이다.
그대로의 모습일 때 가장 영롱하다.

122

사랑의 분자식은 정2육1

사랑은 정$_2$육$_1$(情$_2$肉)이다.
정이 육보다 많아야 사랑이 완전해진다.

물의 분자식이 H_2O듯
육 하나에 정이 둘이어야
사랑이 사랑으로 남으리라.

123

사랑은 불어보다
더 불어 같다

프랑스 미녀조차 사랑이 불어보다 더 불어 같단다.
사랑의 'ㅅ'을 사람 인(人)으로 오해한 중국인은
'랑'의 'ㅇ'을 사랑으로 바라보며 신기해한다.

사람과 사랑의 발음은 닮았다.
ㅁ과 ㅇ구별이 어려운 언어가 있어 더 닮는다.

사랑은 직선과 곡선(원형)의 조화가 오묘하다.
자음 모음 배치와 간격도 적절하다.

세종대왕은 'ㅅ'을 '사람' 소리와 사람 '人'을
함께 사랑하여 창제하셨는가.

사랑의 한글은 표음문자면서 상형문자였도다.

124

떠오르는 이름 하나

하루에 몇 번씩 마음으로
불러보는 이름 하나가 있다.

길을 가다가 행여 하는 마음에
뒤돌아보는 이름 하나가 있다.

회억의 언덕 끝에 초승달이 뜨면
떠오르는 이름 하나가 있다.

강물위에
사금파리로 으깨지고
눈물로 부서지는 불빛들을 바라보다가
나직이 불러보는 이름 하나가 있다.

125

빈 가슴
어느 섬 기슭에

열린 물, 갈피마다
튀어 오르는 네 생각은

어쩌면 한 무리의
새떼로 푸드드 날아

빈 가슴
어느 섬 기슭에
초승달로 걸리겠다.

126

투명한 마음은 눈에 시리다

사랑보다 더 아름다운 사랑이 있다.

시리도록 투명한 마음에 눈이 시리다.

다이아몬드가 황금보다 값지다.

투명한 그 마음은
시린 다이아몬드를 닮는다.

127

누군가를 잊기까지는

누군가에게
첫눈에 반하기까지는 1분밖에 안 걸리고,
호감까지는 1시간밖에 안 걸리며,
사랑하기까지는 하루밖에 안 걸리지만,

누군가를 잊는 데는 평생이 걸린다.

128

사랑은 우藕단斷사絲련蓮처럼

칼로도
돈으로도
칼과 돈을 한꺼번에 써도 끊을 수 없는
연뿌리 실 같이 사람을 사랑하길 소망한다.

129

슬픔도 사랑이다

사랑의 슬픔만 기억하는 사람은 불행하지만,

사랑에는
기쁨도 슬픔도 있음을 아는 사람은 행복하리니.

한 조각의 슬픔까지 사랑할 수 있는 사람은 행복하다.

130

좋아하는 사람과
사랑하는 사람

좋아하는 사람과의 시간은 가끔 짧지만
사랑하는 사람과의 시간은 항상 짧다.

좋아하는 사람에게는 말을 다할 수 있지만
사랑하는 사람에게는 말로 표현할 수 없다.

좋아하는 사람은 가끔 가슴에 머물지만
사랑하는 사람은 늘 가슴속에 산다.

좋아하는 사람은 너는 너, 나는 나지만
사랑하는 사람은 너는 나, 나는 너이다.

쌩떽쥐베리도 말했다.

좋아하는 건 사랑하는 게 아니다.
우린 흔히 조금 좋아하고 사랑한다고 말해버린다.
하지만 절대 좋아하는 게 사랑일 수는 없다.
사랑한다는 말은 진실을 위해 아껴야 한다.

131

사랑에 대한 쓴 소리 5선

사랑은 욕망이라는 강에 사는 악어이다.
바르트리하리는 이렇게 말했다.

미쳐버린 사랑은 사람들을 짐승으로 만든다.
F. 비용은 이렇게 말했다.

남자의 사랑은 인생의 부속품,
여자의 사랑은 인생의 징검다리.
오소백(吳蘇白)은 이렇게 말했다.

사랑에 빠진다는 건 감각적 마취상태가 된다는 거.
평범한 남자를 아폴로 신으로,
평범한 여자를 클레오파트라로 보이게 한다.
맨켄은 이렇게 말했다.

남자가 여자에 대해 사랑스럽다고 생각하는 건
성욕으로 눈이 가려진 탓이다.
쇼펜하우어는 이렇게 말했다.

132

되려 푸른 당산나무

산그늘이 내려와서
시방 내게 내려와서

강이란 강 둑이란
둑 다 헐고 터뜨려도

동구밖
그리움 만리
되려 푸른 당산나무

133

위대한 모정처럼 당신을 사랑하세요

그를 원망 마세요.
실은 그는 당신도 제3자도 사랑하지 않습니다.
그는 그 자신을 사랑합니다.

당신도 당신을 사랑하세요.
어머니에게 사랑받은 것처럼 당신을 사랑하세요.

당신과 첫사랑하듯 사세요.

134

꽃은 다 함께 피지 않는다 2

선두에 핀 꽃은 여유가 있고
늦되이 피어난 꽃엔 여운이 있다.

이름이 같은 꽃도 한날한시에
개화하지 않아 더 꽃 같다.

사계절 피어나는 꽃이 없다면
계절이 없었으리라.

135

비극은 희극보다 오래간다

역사가 이미 써진 소설이라면
소설은 존재할 수 있었던 역사다.

연애의 슬픔이 결혼의 기쁨보다 오래 남는 건
비극이 희극보다 여운이 있는 거와 한가지다.

연애가 결혼보다 즐거운 건
소설이 역사보다 재미있는 거나 매한가지다.

아, 결혼이 실재하는 연애였다면 얼마나 좋을까.

136

다시 눈을 감았다.
너를 보려고

꽃잎 흩날리는
언덕에서
너를 만났다.

마냥
울었다.

또,
꿈이로구나.

다시 눈을 감았다.
너를 보려고

137

함박눈물 어린 함박눈

눈이 내립니다.
백리라 내리는 눈은
함박눈입니다.

내 님의 함박웃음이
눈물토록 그리운가.

함박눈이 함박눈물이
저리 내립니다.

138

사랑은
또 되돌아오리라

봄은 갔지만
봄은 또 되돌아오리라.

공간을 남겨두고
저 혼자 어둠속으로 흘러갔던 시간은
언제나 새로운 시간으로 되돌아오리라.

공간이 3차원 입체이듯
시간도 3차원 입체이리라.

사랑은 갔지만
사랑은 또 되돌아오리라.

139

종교는 마침표다

학문은 ?

예술은 !

종교는 .

부활하기 위해 신은 죽었다.
신은 불사가 아닌가?
인간이 신을 아는가 !

140

사랑하지만 사랑하지 않는 이웃

간디가 말했다.
나는 예수를 사랑한다.
그러나 기독교인들은 싫어한다.
왜냐하면 그들은 예수를 닮지 않았기 때문이다.

강효백이 말했다.
나는 예수를 신으로 믿는다.
그러나 헬조선의 광신교도들은 혐오한다.

왜냐하면 그들은 샤먼과 사탄을 닮았기 때문이다.

백성들 때문에 망한 나라는 없다

Aphorisms & Poems **06**

강효백은 이렇게 말했다

꽃은 다 함께 피지 않는다

141

대한민국은 섬나라다

섬나라라 일본 놀리지 맙시다.

대륙에서 반도로
반도에서 분단으로

우리도 섬나라가 되었나니.

142

유권자의 잣대

보수와 진보의 잣대보다

이익과 손해의 잣대가 열배 정확하고
정의와 불의의 잣대가 백배 정확하고
합법과 불법의 잣대가 천배 정확하고

준법자와 전과자의 잣대가 일만 배 정확하다.

143

한국의 꿈이 아메리칸 드림인가

중국의 꿈은?
세계의 중국화.

일본의 꿈은?
응답하라 1942년 대동아공영권 영광.

한국의 꿈은 아메리칸 드림?
한국은 꿈의 상실 시대인 것인가.

144

우리나라
정계 재계 학계

여당과 재벌과 기성학계는
양심이 없다.

야당과 경영인과 신진학계는
용기가 없다.

국민과 노동자와 재야학계는
힘이 없다.

145

백성들 때문에 망한 나라는 없다

망국의 공통분모는
1% 고위층의 부정부패였다.

언제나 어디서나

동서고금을 막론하고
99% 민초들 때문에 망한 나라는 없다.

146

핸들이 아니라 액셀러레이터다

국가를 미래로 나아가게 하는 것은
핸들이 아니라
액셀러레이터다.

역사의 궤적과 미래의 발전은
좌우 방향이 아닌
속도의 완급이다.

세상은 좌우가 아니라 속도 완급이다.

147

헬조선을 하이조선으로

고조선(古朝鮮)을 고조선(高朝鮮)으로!
'Hell 조선을 High조선'으로 재건하자!

강효백은 한국 국민에게 이렇게 고했다.

148

세종대왕과 광개토대왕이 우리들의 대왕이다

박씨를 대통령이라 칭하는 건
연산군을 '연산대왕'이라 우러르는 꼴이다.

우리들의 대왕은 세종대왕과 광개토대왕이다.

2013년부터 2016년까지 4년을
Del 하고
Reset 하고
Restart 해서

우리나라를 되살리자.

149

초인은 백마 대신 나귀를 타라

초인은 백마 대신 나귀를 타라.
초인은 통속적이어야 한다.

통속이 소통이다.
통속은 저속(低俗)이 아니라 진정한 민주주의다.

150

정치인은 3급수에 산다

물고기를 잡다보면 안다.
3급수에 사는 가물치나 붕어는
잡힌 후에도 오래 산다.
1급수에 사는 버들치나 은어는
잡히자마자 금방 죽는다.

정치인이 가장 오래살고 추악한 정객일수록
장수한다.
불의와 압제에 분노를 삭히는 직업인일수록
단명한다.
직업별 수명통계를 안 봐도 안다.

151

강대국의 민족주의는 제국주의다

강대국의 민족주의는 제국주의고

약소국의 국수주의는 민족주의다.

이명박근혜 서계(鼠鷄) 9년 동안
친일매국부패 세력은
분단국과 권위체제 극복에 필수불가결한
민족주의와 민주주의를 국뽕 국수주의로,
좌빨 포퓰리즘으로 왜곡했다.

152

배추로 죽을 것인가.
사시사철 김치가 될 것인가

배추는 5번 죽어야 김치가 된다.

땅에서 뽑힐 때 죽고
칼로 할복 당해 죽고
소금에 절일 때 죽고
양념에 버무려질 때 죽고
입안에서 씹혀 죽는다.

배추도 이럴진대
우리는 우리의 어제를 몇 번이나 죽였는가.
21세기 우리는 아직도 김치가 아니다.
배추다. 한결같은 일제강점기의 배추다.

배추로 죽을 것인가.
사시사철 김치가 될 것인가.

153

만유재력의 법칙

1665년
영국의 물리학자 아이작 뉴턴은
사과가 땅으로 떨어지는 것을 보고
만유인력(萬有引力)의 법칙을 발견했다.

2015년
한국의 사회과학자 강효백은
만유인력의 법칙도 거스르는 자본의 권력을 보고
만유재력(萬有財力)의 법칙을 발견했다.

만유재력은 특히 한국의 시공간에서
강하게 작용하는 힘이다.

154

의하여가 링컨이다

'국민을 위하여'를 부르짖는다.
민주적 정통성이 없는 독재자일수록

위하여(for the people)는 사족일 뿐이다.
링컨의 게티즈버그 연설 핵심은
의하여(by the people)다.

155

우리의 신세

땅 없는 자여!
찬바람 몸에 부딪칠 적에
좁쌀알 같은 소름 전신에 쥐어 뿌리어라.
그리고 봄빛에 따뜻한
금수강산을 생각하여라.

집 없는 자여!
찬 눈 휘날릴 적에
떨리는 몸을 움츠리어라.
그리고 봄빛에 따뜻한
금수강산을 생각하여라.

옷 없는 자여!
찬 서리 어깨 위에 내려 불 적에
손가락 발가락 얼어 빠지어라.
그리고 봄빛에 따뜻한
금수강산을 생각하여라.

먹을 것 없는 자여!
찬 아침 공기에 마비될 적에
쓰리고 주린 배 움키어 잡아라.
그리고 봄빛에 따뜻한
금수강산을 생각하여라.

필명조차 밝히지 않은 어떤 우리 겨레는
1922년 상해임시정부 발행 〈독립신문〉에서
이렇게 말했다.

156

철면피에겐 철가면을 덧씌우자

서민들은 가진 것을
남에게 나누어 주며 기뻐하는데
그 잘난 1%들은 남의 것을
뺐으면서도 화를 낸다.

서민들은 돈 없어 피부관리 못하고
어쩌다 거짓말할 때 그놈의 양심에 찔려
표정관리 못하는데

그 잘난 1%들은 돈 넘쳐 피부관리 잘하고
숨쉬듯 거짓말하며 그까짓 양심도 없어
표정관리도 잘한다.

철면피에겐 철가면을 덧씌우자.

157

좌회전도 해야 하고
우회전도 해야 하지 않나

길을 가다보면 좌회전도 해야 하고
우회전도 해야 하지 않나.

살다보면 오른손이 거들고 왼손도 쓰고
양손을 같이 쓸 때도 있는 것 아닌가.

사람들 생각의 방향이 어떻게 다 똑같을 수 있나.

이념이란 생각하는 방향의 정치적 표현일 따름이다.

좌우는 한 뿌리 하나의 가지다.
당신의 두 눈이 하나의 몸에 있는 것과 같다.

158

양손으로 비비자

좌파(진보)는 인류 보편적 가치를 지향한다.
우파(보수)는 민족 전통적 가치를 지향한다.

좌우는 선악 가치판단,
시시비비 양자택일 문제가 아니다.
어느 국가사회도 100% 좌편향,
100% 우편향은 없으며 있어서도 안 된다.

도대체 그 누가
좌우이념으로 70여 년째 치고 박고 싸우게
조장하는 것인가.

159

이파리 속에 핀 꽃

몰표 찬미에 꽃이 자만과 독선으로 피어났다.
꽃만으론 텅 빈 그림이다.
이파리들을 노래하자.
푸른 이파리들 없이 꽃이 피어나나.

한 송이 붉은 꽃만 노래하지 말자.
꽃보다 이파리다.
푸른 이파리가 있어 꽃이 아름다운걸.
햇볕에 반들거리는
무수한 주인공 이파리들을 기리자.

민주의 이파리를 노래하지 않는
이 땅의 시인들은
3일 밤 3일 낮을 통곡하리라.

160

꽃은 짧고 이파리는 길다

시인들아,
꽃만 시로 만드는 건
여인이 아름답다고 하는 게 아니다.
여인의 생식기만 아름답다 하는 거다.

식물엔 뿌리와 줄기와 이파리도 있다.
대한민국은 모든 이파리 국민들이 주인공인
민주공화국이다.

시인들아,
이제 꽃보다 이파리를 노래하라.

161

신라의 인터넷,
발해의 바다

발해는 세계최초로 국호에 바다를 사용했다.

신라(新羅)의 라는 새로운 그물망이다.

대한민국의 명운은
'신라의 인터넷과 발해의 바다'에 달렸다.

반만년 역사의 바퀴를 신명나게 돌리자.

자유 평등 민주 민족의 저력으로

162

사드는
요단강 도하 작전이다

사드 배치는
승리의 루비콘강 건너는 게 아니다.

우리나라는
황천 요단강 건너는 꼴 나리라.

163

블랙리스트가 경범죄라면 관제데모는 대역죄다

히틀러와 마오쩌둥, 독재의 달인들이 즐겨 쓰던
관제데모라는 이름의 반란선동이
밤낮없이 횡행한다.

블랙리스트가 경범죄라면 관제데모는 대역죄다.

남의 나라 국기를 펼쳐들고
'군대여 일어나라'며
계엄령선포를 선동하는 무리를 엄단하기는커녕
애국보수단체로 미화하는 나라가 나라냐.

164

우리 모두 드론이 되어

진정한 인재는 1% 펜트하우스에 있는 게 아니라
99% 집에 있다.
집에 있는 인재들이여 드론이 되어다오.

우리 모두 창공의 드론이 되어 시국을 조감해보자.

한일'위안부'협정 체결.
개성공단 폐쇄.
사드 배치.
한일군사정보협정 체결.

음란닥 순실돈 동물농장의
반국가 반시대적 대외정책 결정에 비하면
국내 국정농단은 새 발의 피,
바꾸면 되는 드론 배터리다.

때론 국내 이슈에서 벗어나
드론처럼 거시적 시야로
급변하는 국제정세 속 대한민국의 국익을 바라보자.

165

지역감정은 섬나라 근성이다

일본 북해도만 한
콩나물시루만 한 땅덩어리에
섬나라 근성 지역감정의 뿌리가 수북하다.

TK
PK
호남
충청권…

대한민국은 섬나라에서 탈출해야 한다.

166

전태일이
영원한 청년 시인이다

김소월과 바이런은 이십대에 영원한 시인으로 남았다.
서른 살 넘은 시인은 시인이 아닌 것인가.
김지하는 서른 전에 지하에 남았어야 했다.

노동법을 준수하라.
우리는 기계가 아니다.
노동자도 인간이다.

전태일은 영원한 22세 청년으로 남았다.
유관순 누나처럼 길이길이

167

감사원은
잠자는 공주가 아니다

YS 지지율이 83%였다.

이회장 감사원장을 주축으로
비리공직자 사정, 금융실명제, 역사바로세우기,
고위공직자 재산 공개,
YS가 쾌도난마의 반부패 정책을 밀어붙일 때였다.

1993년 반짝 깨어난 후
'잠자는 숲속의 공주'가 돼버린
헌법상 최고 감찰기관 감사원은 눈을 떠라.

검찰은 직권남용으로 비난받고 있지만
국정농단 원흉은 감사원의 지독한 직무유기다.
감사원은 왜 감사하지 않는가.
감사원이 최악의 헌법기관이다.

긴 잠에서 깨어나
고위층 부정부패 척결은 감사원이 나서야 한다.

168

변호사를
법도우미로 개정하자

대통령은 대공복이라 개정하자.

국회의원은 국민도우미로 개정하자.

변호사는 법도우미로 개정하자.

169

21세기 연금술사

마약이 보안손님 호스테스한테
가는 순간 약물로 바뀐다.
그 단어의 화학적 변환과정을 알고 싶다.

마약체험의 양과 질면에서
보안손님 호스테스 일당 가운데 누가 왕중왕일까.
그 내막이 알고 싶다.

세월호 참사 후 1000일 동안
국가가 국민을 상대로 침묵시위를 한 것인지
그것이 알고 싶다.

170

누가 대한민국의 국國교敎를 USA교로 만드는가

서울 한복판에서
대형 성조기를 받들고 행진하는 시민들을
구경할 수 있는 땅은 미국이리라.

그 도시는 대한민국 땅이 아니리라.

스스로 국기를 문란케 하는 국가는
국가가 아니다.

171

VIP의 비밀

옛날 어떤 나라엔 이런 대통령(嬯筒囹)이 있었다.

미련스러울 대嬯
속이 빈 물건 통筒
감옥 령囹

그 대통령은 화장대와 변기를 밝히다
감옥에 갔다고 전해온다.

172

TV는 정치논객의 바보상자

벌레 정蜓
어리석은 벌레 치蚩
돌 떨어질 논碖
토할 객喀

TV에 나오는 정치논객의 실체를 우리가 아는 순간
TV는 그들의 바보상자가 된다.
TV를 정치평론가의 바보상자로 만들자.

173

이런 이런 이런!

이런 변호사(便狐蛇)도 있다.
똥 변便
여우 호狐
뱀 사蛇

이런 국회의원(鵴賄螘豲) 있다? 없다?
뻐꾸기 국鵴
뇌물 회賄
말개미 의螘
멧돼지 원豲

이런 비서실장(蜚鼠蟋贓)은 북한으로 보내자.
바퀴벌레 비蜚
쥐 서鼠
귀뚜라미 실蟋
뇌물 받을 장贓

이런 민정수석(鍲蜓垂蜥)은 있었다.
철판 민鍲
장지뱀 정蜓
소매치기 수垂
도마뱀 석蜥

이런 국무총리(鵴鵡螅狸)는 일본 수출용이다.
뻐꾸기 국鵴
앵무새 무鵡
잠자리 총螅
살쾡이 리狸

174

꽃은 다 함께 피지 않는다 3

세상에는 사람이 있다.

꽃을 말리는 사람
꽃을 밟는 사람
꽃을 몰라보는 사람

세상에는 사람이 더 있다.

꽃을 여자로 보는 사람
꽃을 선물하는 사람
꽃이 되어 꽃으로 산화한 사람

175

이 가위가 네 것이냐?
이 부채가 네 것이냐?

대한민국은
미국과 중국의 우호를 단절하는
가위의 사북이 될 것인가.

한국은
미중 사이에 평화의 바람을 일으키는
부채의 벼리가 될 것인가.

주석

주석

1)"진리가 너희를 자유케 하리라." "네 이웃을 내 몸같이 사랑하라." "의(義)를 위해 핍박받는 사람들은 복이 있나니 천국이 저희의 것이다." 이 세 말씀만 실천하는 삶을 살다가 가면 천국에 가지 않아도 좋을 것 같다. – 문협 강효백

2) 우리나라도 아리스토텔레스처럼 그리스인과 이방인으로 나누는 시대는 이제 그만 갔으면 좋겠다.
알렉산더 대왕처럼 선과 악을 분별하는 시대가 열리면 좋겠다. 동양사회의 낙후는 청출어람(靑出於藍)을 용납하지 않았기 때문이기도 하다. 소크라테스보다 플라톤이, 플라톤보다 아리스토텔레스가, 아리스토텔레스보다 알렉산더, 훌륭한 제자에 의한 스승의 업그레이드를 허용하는 서양과 달리 맹자를 비롯한 무수한 후학들에게 공자는 뛰어넘는 시늉도 하면 안 되는 높은 벽이었다. 찬란한 미래사회를 꿈꾼다면 스승은 제자들에 의해 버전업되어야만 한다. "아무개는 그의 스승 강 아무개보다 백배 훌륭하다." 훗날 나의 제자들이 이런 평가를 받을 수 있다면, 어떤 슬픔도 그 기쁨을 이기기 못할 것 같다.

3) 국회는 당장 일제강점기 때와 90% 이상 유사한 형소법을 개정하라. 변한 것 하나 없다. 오히려일본과의 싱크로율이 더 높아져가기만 한다. 강산도 바뀐다는 세월이 흘렀으나 일본식 법률용어는 의구하다. 한국의 법률용어 대부분 일본식 한자어를 한글로 직역한 것. 법이 어렵게 느껴지는 까닭이다.
대한민국에서 가장 일제 잔재가 많이 남아있는 반면 친미화가 안 된 영역은 초밥집과 법조계이다. 아직도 도조 히데끼 시대 법체계와 다름없다. 변호사는 특권의식의 특권 귀족이 아니니다. 민주사회를 더욱 고르고 밝게 만드는 법률 서비스맨이다. 미국이 인구 200명당 1명이 변호사라는 사실을 감추지 말라.

4) 사유의 문장부호 가운데 물음표가 60%를 넘어야 천재다. 물음표의 비중이 80% 이상이어야 진정한 천재다. 보편적 진리와 '법과 원칙'으로 간주되던 모든 것들을

소환하여 심문, 기소, 심판하고 끝내는 이를 교정하려는 자가 진정한 천재다. 맹목과 독단에 순응하지 않는다. 광기의 투철한 집중이다. 철저히 비판적이며 자기 비판적이다. 부단한 자아부정, 자아혁명, 자기초극으로 자신을 담금질하고 고양시키는 자가 천재다. 한없이 건방지고 무모한 천재는 감히 세상의 모든 전제(前提)와 전제 그 이전, 나아가 감히 신뿐만 아니라 신의 전생을 소환 기소 심판하고 교정하려는 자이다. 너무나 위험하고 불온하지만, 너무나 순열하고 순수한 광기를 집중시키는 자다. 초월적 존재, 신을 비롯한 삼라만상 우수마발 대우주의 일체를 진정한 천재는 완벽히 긍정하고 사랑하고 믿는다.

5) 진정한 천재는 규칙을 바꾸고 상황을 개조하는 창조적 능력으로 배를 출항하게 하고 경계를 허무는 사람이다.

6) 제자백가 고사 중 최고의 대목이다. 이 장면을 보고 흔히 사람들은 노자가 한 수 위라고 하거나 공자의 패배라고 평한다. 하지만 이것은 인간과 사물, 남자와 여자, 이론과 사상, 감성과 이성, 유형과 무형, 삼라만상 우수마발 그 모든 걸 우열로 구분하려는 수직적 사고방식이고, 이분법적 진영논리에 터 잡은 택일의 강박관념에 빙의된 한심(寒心) 만심(慢心)*한 해석이다. *한심(寒心) 만심(慢心): 차가운 마음과 남을 업신여기는 마음 공자는 자기와 차원이 다른 노자의 사상을 솔직히 인정하고 사랑하고 존경한 것이다. 자신과 사고방식이나 생각의 각도가 다른 사람을 무시하거나 적대시하는 태도는 지성인일수록 몸에 밴 습성일 경우가 많다. 인류의 대성인 공자가 이 정도의 한계쯤이야 자연스럽게 극복할 수 있는 것이지만, 이러한 태도는 결코 쉬운 일이 아니다. 간혹 우리는 권력욕, 재물욕, 식욕, 성욕, 심지어 수면욕까지도 초월할 수 있는 비범한 인물이 뜻밖에도 사소한 의견의 충돌이나 체면과 오기 등 길 잃은 명예욕을 이기지 못하고 파멸하는 경우를 주위에서 심심치 않게 본다. 노자는 공자의 그릇을 알고 공자를 물처럼 담담하게, 또 물처럼 무섭게 꾸짖었지만, 공자는 노자의 존재가치를 인정하고 존중하였다. 결국 노자도 이겼고

공자도 이긴 것이다. 공자의 사상을 한 글자로 표현하면 인(仁)이다. 인(仁)을 두 글자로 표현하면 충(忠)과 서(恕)다.
'충'은 국가에 충성이라는 뜻이 아니다. 가운데 中마음 心으로 자기자신에게 충실을 다하라는 말이다. '서恕'는 남을 용서하라는 뜻인데 같을 '여'(如) 마음 심(心)으로 남을 자기자신과 같은 마음으로 대하라는 말이다. 이게 바로 공자 사상의 요체다. 네 이웃을 내 몸처럼 사랑하라는 예수의 가르침과 일맥상통한다. 남을 사랑하기 위해서 자신을 사랑할 줄 알아야 타인을 자신만큼 사랑할 수 있게 된다. 그래서 참된 민족주의자가 진정한 평화주의자다. 참된 평화주의자가 진정한 민족주의자이다.

7) 사마천 사기[史記]

8) 강효백 [협객의 칼끝에 천하가 춤춘다] (한길사)에서

9) 강효백 [차이니즈 나이트 I, II] (한길사)에서

10) 진시황 사후 현재까지 2200여년 시간에 중국의 통일기는 72%, 분열기는 28%다. 진시황은 중국의 시공을 물방울처럼 산산이 흩어지지 않게 수은으로 뭉쳐 오랫동안 구르게 만드는 데 성공했다.

11) 강효백 [동양스승, 서양제자] (예전사)에서

12) 같은 공산주의 나라니까 중국은 북한과 한편이라는 잡소리에 더 이상 속지마세요. 중공군이 6.25참전 결정 때도 북한이 같은 공산주의라서 도운 게 아니었다.

1. 소련군의 지배하에 있던 만주 땅을 점령하고

2. 중국 한족을 270년간이나 지배했던 200만 만주족을 총알받이로 내몰아 100만으로 반감시키고,
3. 마오쩌둥 최강 정적 친소파 가오강(高崗)세력 제거가 주요 목적이었다.
70년 전에도 이러했는데 지금 G2 중국은 말해서 뭐하겠습니까. 개혁개방만 말하면 총살시키는 가장 반중적인, 나라 같지 않은 나라, 북괴가 어디가 이쁘다고 사드 배치 반대로 도와주려 하겠습니까. 제발 속지 말고 정신 차려야 합니다. 착하디착한 국민들은.

13) 중국과 북한이 혈맹이라는 주장은 한중 이간책이다. 1994년 이후 중국과 북한은 전통적 우호관계였을 뿐이고 시진핑 이후 중국과 북한은 단순 수교관계일 뿐이다. 한미동맹에 일본을 끼워 넣은 한'일'미동맹, 주한 일본군으로 한국을 재병탄하려는 게 아베 일본의 국가 대전략 로드맵이다.

14) 인식의 오류는 자기나라의 문화나 제도, 학습과정에서 배양된 의식구조를 바탕으로 상대방의 세계를 이해하고 해석하려는 습성에서 출발한다.

15) 소금이 짜다는 사실을 알려면 소금을 맛보면 된다. 연구해서 이론화할 필요까진 없다. 중국학도 그러하다.

16) 중국에서 출판된 중문사전이나 중영사전에서 '市'를 찾아보면 항상 제일 먼저 나오는 뜻풀이는 시장(market)이다. 그 다음은 동사 '사다, 팔다. 사고팔다'가 나오고, 도시(city)는 서너 번째쯤 나온다.
지금 중국에서는 도시를 '성시'(城市)라고 부른다. 즉 우두머리 관청을 뜻하는 '도'를 없애고시장 앞에 다 건물이나 울타리를 뜻하는 '城'을 붙인 것이다. 중국의 도시에는 시장(市長, mayor)은 없어도 되지만 시장(市場, market)이 없으면 안 된다고나 할까. 상하이시는 '상하이시티'가 아니라 '상하이마켓'이라고나 할까.

17) 평생을 혁명의지로 살기를 각오한 영웅이라면, 난징은 오래 머물 땅이 아니다. 난징에 입성한 숱한 영웅이 시나브로 부패한 탐관이 돼 갔다. 물 좋고, 땅 좋고, 경개 좋고, 인물 좋아 살기 좋은 땅이 난징(南京)이다. 포난생음욕(飽暖生淫慾), 편안하게 잘살면 방탕해진다고 했다. 육체는 살찌고 정신은 썩어, 난징은 영웅이 죽기 전에 이미 죽는 곳이다. 영웅이 더 이상 영웅이 아니면 무수한 백성들의혈하가 다시 창강(長江)으로 흘러들었다.

18) 중국인은 '기이할 奇' 자를 애호한다. '큰 大'와 '옳을 可'와 융합된 '奇'를 '괴상한' '비정상적인'뜻보다는 '진기한' '특출한' '튀는' 등의 긍정과 찬사의 의미로 사용한다. 전통 중국을 대표하는 소설 「삼국지연의」, 「수호전」, 「서유기」, 「금병매」를 4대 명저라 하지 않고 4대 기서(奇書)라고 한다.

19) 2008년 글로벌 금융위기 시 중국의 후진타오정부는 경기활성화, 물류혁신, 고용창출, '전중국의 1일생활권화'를 위해 약 90조 원의 예산으로, 고속철·지하철·광역철도, 삼철을 건설하기 시작했다. 2008년 한국의 이명박 정부는 '느림의 미학' 4대강에 1,000만 중국관광객 유치 운운하며 많게는 100조 원이라는 천문학적 혈세를 4대강에 쏟아 부었다. 후세 역사는 대조되는 한·중 위정자의 행태와 국가재원 용처(用處)가 한국과 중국의 흥망성쇠 명운을 가른 변곡점이라 기록하리라.

20) 강대공이 주(周) 무왕을 도와 상(商) 주왕을 토벌하자 천하는 주나라가 되었다. 나라 잃은 상나라 사람들은 설 땅이 없어져 장돌뱅이로 생계를 유지했는데, 그때부터 세상은 그들을 '상인'으로 그들의 업을 '상업'으로 불렀다.

21) 사람들은 다른 사람이 자기보다 열배 부자이면 그를 헐뜯고, 백배 부자면 그를 두려워하며, 천배 부자면 그에게 고용당하고, 만 배 부자면 그의 노예가 된다.
– 사마천『사기』화식열전

22) 정2육1, 정이 육보다 많아야 한다. 육(肉)을 발라내고 남은 정(情)은 애틋한 느낌일 뿐 사랑이 아니다. 정을 골라내고 남은 육은 살비빔이지 사랑이라 말할 수 없다. 여기서의 사랑은 남녀의 사랑에 한한다. H2O에서 H를 갈라내는 순간 H는 수소일 뿐 물이 아니고, O만 끄집어낸다면 그건 산소일 뿐 물이 아니다. 그나저나 나비는 둘로 접은 러브레터 같다.

23) 국민을 억압하는 것이 하극상이다. (대)통령이 주인인 국민을 억압하고, 청지기 행정부가 주인의 대리인인 입법부를 능멸하고, 열등민족 일본인이 최우수민족 한국인을 지배하려드는 것이 하극상이다.

24) 지금이 조선시대라면, 현재 우리나라의 국호가 조선이라면 고(古)조선이라고 할 수 있다. 한민족 최초의 국가를 더 이상 모독해서는 안 된다. 할아버지의 할아버지를 고조부(古祖父)라고 하지 않는다. 고조부(高祖父)라고 한다. 고조선을 위하여 향후 헌법을 개정할 때 임시정부 최종헌법인 헌장 제2조를 원용한 규정을 제안한다. "대한민국의 영토는 한반도와 간도를 아우르는 대한의 고유한 판도로 한다."

25) 언어가 의식을 지배한다. 오염된 언어는 행동으로 전이된다. 국민 모두가 주인공인 민주사회에서 세상과 널리 통하는 소통이 사라진 오늘날 대한민국에서 '통속'이라는 낱말은 최우선 사면복권 정상화되어 야 한다.

26) 헬조선의 정치인 중 99%는 위선자, 90%는 범죄자내지 준범죄자로 본다. 9%만 평균수준의 양심을 지닌 정상인으로, 0.9%를 존경할 만한 자로 추정한다.

27) 정통 보수의 제 1주적인 친일매국부패집단이 오히려 보수의 탈을 쓰고 매국의 칼춤을 추며 위안부를 팔아먹고 독도까지 팔아먹기 일보직전이다. 야당은 마치 집권당이 된 것처럼 야당 대선후보들은 대통이 된 것처럼 가슴은 흥분하고 머리는 혼미하다. 제 2 청일전쟁, 제 2 카쓰라태프트 밀약, 제 2 을사늑약, 제 2 군대해산, 제 2 한일합방으로 가는 수순이 이어지는 듯싶다. 불교를 좋아하지만 믿지 않는나는 개인 생명 윤회설 역시 믿지 않는다. 우리나라를 포함해서 세계 각국의 흥망사를 보니 '국가존망윤회'가 '개인생사 윤회'보다 많더라. 내 '국가존망 윤회설'이 21세기 한국에 들어맞지 않으면 좋으련만.

28) 입법부는 타인의 생각의 방향이 저와 같지 않다고 탄압하는, 다름을 틀림으로만 인식하는 인지부조화 정신이상자이자, 반사회적 인격파탄자에게는 붕어빵 노점상 아래서 일하며 매일 똑같은 붕어 빵 1개씩을 일당으로 받는, 종신 알바형에 처하는 특별법을 제정 시행하라.

29) '열린 바다'에서 '새 그물'로 인터넷과 해양강국의 새로운 '신화'를 건져 올리자. 신화는 '있었던일'이 아니라 앞으로 '있어야 할 일'이다. IT 해양 강국, 통일조국 대한민국을 희망한다.

30) 남북이 아니다. 동서방향에 사드의 진실이 있다. 성주가 중국과 일본의 정중앙에 있다. 여기에 문제의 키가 웅크려 숨어있는 게 아니라 버젓이 서 있다. 중국과 일본의 한가운데 위치한 사드 배치 장소는 우리에게 뭘 말해주는가. 성주를 동서로 줌아웃 하라. 개그콘서트 '줌인, 줌아웃'을 보다가 문득 깨달았다. 우리는 사드에 미시적 시각으로 몰입하고 있었다. 한일 군사정보 보호협정의 뒤는 제2의 카쓰라태프트 밀약인가. 미국이 안 주는 군사정보를 일본이 주지도 않고 줄 수도 없다. 문뜩, 지난 반 년 간 국민들의 관심과 시선을 죄다 국내이슈로만 몰입시킨 빅브라더는 누구인가.

31) 얼마나 추악하고 엄중한 범죄행위인지 알고도 모르는 체하는 자들, 얼마나 위험하고 불길한 징조인지 모르고 김칫국이나 마시며 희희낙락하고 있는 자들, 가슴은 식었고 머리가 뜨거워졌는가. 지지율에 취해 정신이 혼미하고 눈앞의 권력에 머리가 뜨거워지면 한방에 훅가는 날이 멀지 않으리라. 고름은 짜내야 하고 잡초는 뽑아버려야 한다. 절대로 용서하지 말자! 악마들에게 과잉관용을 베푸는 과오를 두 번 다시 저지르지 말자!

〈빼앗긴 들에 봄이 왔어도 봄이 아닌 이유 18선〉

1. 한국 박씨 이씨 (대)통령의 사실상 조국이 일본제국.
2. 한국 최고인기 독재자 (대)통령의 조국이 일본제국.
3. 한국 초대 (대)통령의 국적이 일본제국.
4. 한국 법률용어의 96%가 일본식 한자어.
5. 한국 법제의 96%가 구일본 법제.
6. 한국 형법의 96%는가1930년대 일본 형법.
7. 한국 금수저의 96%가 친일매국노 현행범.
8. 한국인의 96%가 일본을 아직도 '선진국'이라고 생각한다.
9. 한국인의 96%가 세상에서 법이 젤 발달한 나라가 독일과 일본이라 생각한다. 미국이다.
10. 한국의 주요 시사용어 96%가 위안부 등 일본의 시사용어 그대로다.
11. 한국 언론의 96%가 일베를 비롯한 친일매국노쓰레기를 '보수'단체로 쓴다.
12. 한국의 중국관련 보도 96%가 일본 언론의 중국보도 그대로다.
13. 한국인의 중국관 96%가 일본의 중국은 영원한 후진국이라는 중국관이다.
14. 한국인의 언어습관 96%가 그래도 일본은 배울 점이 많은 나라라 말한다.
15. 한국인의 동맹관 96%가 한미'일'동맹 용어가 당연하다고 생각한다.
16. 한국인의 96%가 중북관계를 혈맹관계로 오인한다.

17. 한국인의 96%가 중국의 6.25참전 동기를 북한을 돕기 위해서라 생각한다.
(200만이 총알받이로쓰여 6.25후 만주족은 100만으로 감소했다.)

18. 한국 뉴라이트 및 가짜보수 96%가 근대화시켜준 일본에 고맙다고 생각한다.
(이것은 강간범에게 임신시켜줘 고맙다는 억지다.) 상기 18선 외에도 1818건 열거할 만큼 많다.